바람이 숲을 안을 때

바람이 숲을 안을 때

초판 인쇄   2020년 8월 25일
초판 발행   2020년 8월 30일

지은이 김주수
펴낸이 이찬규
펴낸곳 선학사
등록번호 제10-1519호
전화 02-704-7840 | 팩스 02-704-7848
이메일 sunhaksa@korea.com
홈페이지 www.북코리아.kr
주소 [13209] 경기도 성남시 중원구 사기막골로 45번길 14,
      우림2차 A동 1007호

ISBN 978-89-8072-266-2 (03810)
값 8,000원

김주수 시집

바람이 숲을 안을 때

선학시선

2

선학사

고요는 마음속에 피는 꽃이고
마음속에 비어있는 하늘이요, 무한이다.
무릇 시심이란
고요의 연못에서 자라는 연꽃이거나 그 꽃그림자 같은 것!
고요의 물결에 젖지 않고서
그것을 어찌 시라 할 수 있겠으며,
어찌 순결한 빛과 향기를 발할 수 있겠는가.
다만 내 시가 빛과 향기와 그늘이 적어 부끄러운 것은
내 마음이 고요의 물결에 더 깊이 젖지 못한 까닭일 것이다.
그래서 이 시편들은 어쩜 연꽃보다 연꽃 새로 흐르는
물결이 되고 싶었던 것일지도 모르겠다.

나는 나 너머에서 왔으니,
시 또한 나 너머에서 온 것이리라.
나는 시와 함께 그 너머로 가고 싶다.

차례

2

4

무심히

애드벌룬처럼 커지는
그리움,
그 가슴에
다 담을 길 없어
바늘끝 같은 마음으로 하냥
찔러봅니다.

정운(情韻)

1

한 그릇 물에도
보름달을 그득히 담을 수 있는 것처럼,

내 작은 마음 한켠
가장 잔잔한 물결 위에

오로지 그대 하나
동그랗게
담고
싶거니.

2

달빛이 새의 잠 속으로 드나들 때
별빛이 물결의 눈 사이로 내려앉을 때
바람이 이슬의 속삭임을 흔들 때
가슴 속이 비어서 시나브로 메아리가 맺힐 때,

내 마음을 그저

그대 마음 곁에 가만히, 가만히 놓아두고 싶을 때.

3
연못에 담긴 쪽빛 하늘을
바람이 저 혼자 다 가지려고
자꾸 쓸어가보려 했지만
끝내 무심한 물결만 만들다 손을 놓았네.

내가 그대 마음 위를
홀로 지나는 작은 바람이 될 때처럼….

무정 연서

산그늘이 강물에 누워
온종일 물결에게 들은 귓속 이야기는
어디로 흘러갔을까.

달빛이 바다에 앉아
밤새 파도에게 들려준 이야기는
어디로 스며들었을까.

풀잎에 이슬이 마를 때
이슬이 풀잎에게 속삭인 말이
하나 둘
떨어질 때,

네 마음에 앉아
밤새 홀로 썼던 내 이야기는 또
어디로 다 숨어버린 것일까.

눈빛 연가

눈에는 잘 보이지만
끝내 잡아볼 수 없는 것은
연못에 빠진 하늘빛
물결을 수놓은 햇살
즈믄 강물에 누운 달빛
산허리에 나앉은 무지개
홀로 서산을 넘어가는 노을
땅을 쓸어보는 대나무 그림자
꽃가지 밑에서 조는 꽃그늘
저만치 먼 데를 보는 수평선
밤하늘에 각설탕 먹은 별빛
그리고 무엇보다

내 안에 늘 가득 차고도
넘치는
그대 눈빛……

그대 마음을 만져보고 싶을 때

1

하늘빛을 만져보고 싶을 땐
연못가에 가서
물속에 앉은 하늘을 만져봅니다.
내 안에 있는 그대 같아서,
그대가 내게 준 끝없는 마음 같아서.

2

햇살을 만져보고 싶을 땐
강물 가에 가서
물속에 드리운 햇살을 만져봅니다.
내 안을 흐르는 그대 같아서,
그대가 내게 준
꺼지지 않는 생의 불빛 같아서.

3

나뭇잎의 그늘을 만져보고 싶을 땐

연못 아래로 드리운

나무 그늘을 만져봅니다.

내 안에 있는 그대 영혼 같아서,

내 영혼의 가지에 드리운 길이 마르지 않을

값없는 그늘 같아서.

네 눈 속의 무한에 젖어

네 눈 속엔
홀로 눈뜬
맑은 호수가 있고
그 호수 속엔
물결에 젖은
하늘빛이 있고
그 하늘빛 속엔
구름과 바람이 있고
그 구름과 바람이 밟고 가는
산그늘이 있고
산그늘의 입가엔
태곳적부터 흐른
물결의 작은 노래가 있고
그 노래 속에
발을 담그는
햇살의 눈빛이 있고
그 눈빛을
먹고 사는 물고기가 있고
그 물고기가 사는
마르지 않는 수풀이 있고

그 수풀 사이로
더는 젖을 수 없는
더는 빠질 수 없는
나를 잃은
내 마음이 있고
그 마음을 잃은
잔잔한—
무한 하나가
꿈결처럼 있네.

아가(雅歌)

물속으로 들어와
하얀 쪽잠을 자는
투명한 햇살처럼
나도 그저
그대 안으로 들어가
마냥 잠들고 싶을 때가 있네.

세상 모든
빛과 음영 사이로
그대 눈빛이
내 작은 마음을
첫눈처럼 쓸어줄 때,

그 첫눈이
하얀 숨결처럼
내 안에서 한없이
곱게, 곱게 흩날릴 때…….

사랑의 그네

사랑이란
두 사람의 가슴 사이로
흔들리는 작은 그네 같은 것
그 흔들림이 하나의 돛이 되어

내 영혼에서
그대 영혼으로
그대 영혼에서
나의 영혼으로……

순간과 영원이라는
두 줄을 잡고서
인연이 내려준 생의 시계추에 앉아
바람의 눈빛을 깨우며

삶의 모든
행복과 슬픔 사이를
마주잡은 두 손과
따뜻한 하나의 마음으로
건너가는
허공의 빈 돛단배 같은 것.

바람의 연가

1

난 오직 단 한 번
바람이 되고 싶었네.
바람이 그대 머리칼 몇 올을
사뿐히 들어 올릴 때,
그 빈 공간 사이로
파아란 하늘이 보일 때
만져질 듯
보드라운 그 무한이 움직여
바람결에
가벼이 날리울 때……

2

내 마음을 투명한 바람의 눈 속에 담아
멀리 그대에게 보내오니
바람이 때때로 그대 머릿결을 스치울 때면
혹 그대를 지나는 날인가도 여기소서.

3

대숲을 지나가는 작은 바람이

그림자를 남기우지 않듯이

흰 구름 맑고 햇살 고운 날

그저 그대 마음 밑을

푸른빛인양 고요히 지나가오리니

하얀 절정

어떤 말이
그득 고여
찰랑이는
그녀의
젖은 눈빛이
꽃잎처럼
내 눈 속으로
떨어졌다.
그 꽃잎이 다시
뜨거운 운석처럼
마음 하늘에
빗금을 그리며
내 빈 가슴에
고요히 떨어져
꽃잎 화석이
되어 박혔다.

물속의 눈이 되어

오래 전 전생에
그대와 내가 만났었더라면,
아마도 그대는 사슴이요
나는 호수였을 것입니다.

물을 굽어보는 그대의 눈에
내가 비치고
나의 눈엔 그대가 비칩니다.

바람과 햇살도 살짝 비껴가고,
나는 가만히 내 안에 그대를
비춰볼 수 있어
마냥 행복했을 것입니다.

사랑은 당신을 통해
다시 내 영혼을 보는 것임으로!

바람이 숲을 안을 때

내 눈이
네 눈을 바라보고 있으면
네 눈은
내 눈 속에 눈이 된다.

하늘이 호수를 바라보고 있으면
호수의 눈 속에도
하늘의 눈이 있듯이.

내 마음이
네 마음을 안고 있으면
네 마음이 곧
내 마음속에 마음이 된다.

바람이 숲을 안고 있으면
숲의 술렁임이 곧
바람의 술렁이는 마음이 되듯이.

빈 가슴

새 떠난 빈 가지가 홀로
흔들리는 것은
그를 붙잡고 싶어서가 아니라…,
그 속에 바람의 빈 자리가
한 뼘쯤 더 늘어났기 때문입니다.

꽃길을 밟으며

뭇 꽃들은 무릇 정히 피었을 때가
가장 아름다우나

정녕 벚꽃은 되려
나비처럼 눈처럼 조각조각 흩날릴 때가
가장 아름답거니,

바람과
시간의 길을 따라
소곳이 花雨가 날리우듯

좋이 끝맺는 뭇 일들과
물러날 때, 떠날 때 더 아름다운 사람과
끝날 때에 더 아름다운 사랑이 또한
늘 저와 같으리라.

무심하야

하늘이 연못에 빠진 날,

그래도
구름은 잘도 빠져나오더니만……
하늘빛은 저 홀로 깊어서
나오지도 못하더이다.

시작(詩作)

시냇가 바위 아래에 숨은 가재를 잡으려
살금살금 다가가
바위를 살짝이 들어올리는
아이의 마음같이,

삶의 냇가에서
어느 곳에 시가 숨어있을까,
시가 숨어 있는 마음돌 하나를 찾아
자기 숨결 새로
살짝이 들어보는…….

이슬이 떠날 때

풀잎에 맺힌 이슬 속에는
이슬의 작은 고요가 산다.
풀잎에 맺힌 이슬이
허공으로 건너갈 때
그 이슬의 그림자가
햇볕 속으로 스며들 때,
그래도 풀잎 끝에
물 묻은 고요는
그대로 홀로 남아 생생했다.

갓 깨인 작은 바람 하나가
그 고요 끝에 살―짝 매달릴 때….

물의 독경(讀經)

촉촉한 나무 그늘 아래
시냇물이 맑은 눈으로
찰랑찰랑……
자연경(自然經) 읽어주는 소리,

시간을 접고 마음을 접어
나를 가만히 내려놓게 하는 소리
내 안을 물빛처럼
투명하게 하는 소리,

쉼 없이 흘러가는
그 소리를 듣고 있으니
물은 저만치 아래로 가고 가고……
물소리만 하얀 빛살처럼 고이어
내 빈 마음 항아리에 그득 차고 넘친다.

그루터기 징검다리

학교 기숙사 옆에
푸른 잔디밭 위로
통나무 횡단면을 연이어
동그란 그루터기로
징검돌을 놓듯 성좌처럼
길을 만들어 놓았네
오 나무는 죽어서도
자기 몸을 갈라 저렇듯
수많은 발길 오가는
아름다운 길이 되었구나
훗날 나도 죽고 나면
내 생의 횡단면들도
동그란 그루터기처럼
그렇듯 누군가를 위한
순박한 오솔길이 될 수 있을까
걸을 때마다 지상의 성좌를 밟는 듯
정겨운 징검다리가 될 수 있을까

바람의 숲속

숲속을 거니는 것이 맑고 깊은 숲속을 거니는 것이 마치 내 영혼 속으로 걸어 들어가는 듯이 느껴지는 까닭은 그 속엔 마르지 않는 깊고 촉촉한 숨의 물결이 나뭇잎 사이사이로 짙게 고여 있기 때문이요, 그 숨의 웅덩이를 밟으며 어린 제비처럼 날아다니는 바람의 슬거운 눈빛이 있기 때문입니다.

숲속에선 숲의 숨과 나의 숨이 하나의 가슴으로 이어져 내가 숲의 숨 속으로 들어가고 숲이 내 숨 안으로 들어오는데, 바람이 그 자분자분한 숨을 밟고 나뭇잎 아래의 햇살을 밟고 흙의 낮은 숨소리를 지나 다시 내 속눈썹을 스치며 지나가느니, 나뭇잎 사이에 묻어있는 바람의 눈빛 몇 낱을 주워서 가슴속 깊은 곳에 살며시 넣어둡니다. 언제고 어떤 이가 내 영혼 속으로 들어오거나, 내가 어느 누군가의 영혼 속을 거닐 때, 어쩌면 그 바람의 눈빛을 따라 숲의 숨결이 그림자처럼 소곳이 배어나올지도 모르니까요.

산그늘의 꿈속

강물에 누워 흘러가지도 않고

무심히 졸고 있는 산 그림자여

잔잔한 물결에 젖은 그 꿈속이

물속 같이 맑고 고요하고 깊으리니

끝없는 물결에 이 마음 씻어

그 꿈의 안쪽을 아득히 찾아가리라

때때로 저 물결과 꿈결 사이로

물고기가 산바람을 따라서

산정으로 올라가 하얀 구름 속

하늘가로 풀쩍 뛰어오를 젠……

물결에 누운 내 마음속 푸른 그늘도

저만치 하늘가에서 하냥 술렁이리라.

아침이 연잎처럼 깨어날 때

살구빛 햇살에
아침이 발돋움하는 소리
그 소리에
꽃과 새들의 입이 깨어나는 소리
그 소리를 물방울처럼
흔들며 가는
바람의 발자국 소리

밥이 익어가는 소리에
아기의 눈썹 떠지는 소리
자명종 소리 속
시간이 때굴때굴 굴러가는 소리

빛이 머문 순간들 사이
아내의 눈빛이
말랑말랑하게 익어서
내 마음속으로
흘러드는 소리
그 소리가 잔잔한 물결 같아서
내 눈길 닿는 곳마다

아침의 눈썹이 맑게 닦이어지는
촉촉하고 나긋한
동그란 연잎 같은
시간 한두 움큼을
기억의 선반에 올려둔다

가을의 귀를 들여다보면

파란 하늘에
흰 구름 가만가만 번져가는 소리
그 소리가
강물의 산 그림자 속을 지나는 소리

산바람 따라 산을 거닐면
맑은 공기가 눈뜨는 소리
그 소리 속에
펴졌다 접혔다하는 나무들의 숨소리

또 저만치,

단풍 물드는 소리 아래엔
나뭇잎 떨어지는
소리가
소곳이 쌓여있고

천만 수정빛 햇살이
물결에 깊이 젖는 소리 속엔
저녁 해가

서산에 숨는 소리

바람이
허공의 마음을 쓸며 지나는 소리엔
세월의 눈썹이
사운대는 소리

석경(石磬) 같은 조각달이 창가에 돋아날 제
아가의 칭얼댐이 씨눈처럼 깨어나고,
그 씨눈 같은 소리에
별이 눈꺼풀을 비비는 소리
그 사이로
고요가 하나 둘 눈을 뜨는 소리
그 소리 속으로
가을의 귀가 조붓해지는 소리,
쉽게 들리지 않아서
마음 안쪽으로
정녕 더 깊어지는 소리.

비의 숲속에서

내 마음 때때로
어디에 둘지 몰라
쓸쓸하고 쓰리고 아플 때,
나는 비의 숲으로 가리.
비의 숲속에서
비의 그늘에 앉아
이해 받고 싶었으나
다 이해 받지 못한 마음
사랑하고 싶었으나
다 사랑하지 못한 슬픔
버리고 싶었으나
다 버리지 못한 마음의 찌꺼기들을
죄다 꺼내어
비의 눈망울에 적시우며
내 마음을 씻으리.
누구나 때때로
지치고 허전하여 못내 흔들릴 때 있거니,
비에서 비에게로 가는
비의 숲속에서
비의 눈에 내 눈을 담고

내 볼에 비의 입김을 담아
시간 저편으로
젖은 마음 한 폭 이끌고서
내 마음이 다 젖어
더는 젖지 않을 때까지
더는 젖을 게 없을 때까지
비의 낮은 속삭임을 따라
비의 그늘 속으로 가고 싶네,
비의 숲속으로 멀리 멀리 가고 싶네.

빗소리를 접어서

봄의 안쪽을 두드리는
빗소리를 좋아하야
연못에 닿는 빗소릴 좋아하야
물결에 닿는 빗방울의
저 보드랍고 나지막한 소릴 좋아하야
바람을 불러 그 소릴 죄다 쓸어가서
내 영혼 안쪽에 꼭꼭 접어접어 넣었다가
이 마음 말라 못내 푸석이는 날이면
그 촉촉한 소리의 동심원들을 굽이굽이 펴리라
슬픔은 그저 슬픔이 되고 기쁨은 다시 기쁨이 될 때까지

바람에 깃든 샘

아침 숲은 새소리의 샘

바람의 눈 사이로 흘러

나뭇잎들의 속눈썹을 씻는 샘

숲이 그 샘물을 먹고서

아침마다 자분자분 발돋움을 할 때

나도 그 샘물을 먹으려

아침마다 숲의 가슴 속으로 간다

몽글몽글한 초여름의 안쪽

술렁이는 바람의 숨결을 따라

씨눈 같은 햇살들이

초록빛 나뭇잎 사이 사이로

숲속의 눈꺼풀들을

하나, 둘, 셋…

살포시 들어올릴 때

어깨동무한 산들

늘 아무 말 없이
어깨동무하고 살아가는 푸른 산들,
가슴 속에 키운 나무들과 구름들
무릎 위에 앉힌 물과 바람과 바위와 그늘들
그 어울어진 어깨와 어깨 사이로 번지는
고요하고 장엄한 침묵의 속삭임들……,
늘 아무 말 없이도 많은 이야기 들려주며
정겹게 살아가는 대지의 주인 같은
어깨동무로 푸른 너울과 깊은 너울이 된 산들!
멀리에서 볼 때 더 그윽해지는 결속의 가부좌들!

허공이 담은 길

허공에는 참 많은 길이 있네

구름의 하얀 길이 있고

바람의 그늘 없는 길이 있고

새들의 노래하는 길이 있고

벌과 나비들의 향기 나는 길이 있고

햇살과 달빛, 별빛으로 이어지는 빛의 길도 있으며

또 빗방울의 촉촉하고 투명한 길이 있고

눈발들의 춤추며 내리는 순백의 길이 있고

아주 가끔은
천둥과 벼락이 세상을 울리는 불의 길도 있고

물이 하늘로 등선하는 수증기의 길도 있고

그리고 그 무엇보다……

끝없는 빈 가슴으로 모든 시공을 끌어안으며

그 모든 길의 길이 되는 무량한 허공의 길이 있네

어미 수달의 사랑

남산 서쪽 은냇골에 사는 어느 사내가 하루는 마을 어귀의 냇가에서 수달 한 마리를 잡게 되어 살은 다 발라먹고 남은 뼈는 마당에 버렸다. 그런데 이튿날 그 뼈가 온데 간데 사라지고 없어서 핏물이 떨어진 자취를 가만히 따라가 보았더니 그 뼈가 제 살던 옛 굴로 돌아가 어린 새끼 다섯을 감싸 안고 있었다. 탄식하며 걸음을 옮기지 못했던 그 사내는 끝내 머리 깎고 스님이 되었다고 한다.*

우연히 라디오에서 우리나라에 갓 태어나 버려지는 신생아가 한 해에 3천 명이나 된다는 걸 처음 들었을 때 나도 탄식하며 마음을 옮기지 못 했었거니, 죽어서도 온몸으로 자식을 껴안는 짐승과 살아서도 자식을 쉽게 버리는 사람에 대한 깊은 탄식 사이에서 자식 버린 이야기를 세상으로부터 또다시 듣게 될 때마다 나는 하얗게 뼈의 마음만 남은 이 어미 수달이 생각나는 것이었다. 아, 죽음도 까먹은 그 어미 수달이 이 놀라운 이야기를 들으면 뭐라고 할까고?

---

* 이 이야기는 『삼국유사』에 나오는 혜통 스님의 출가기이다.

55

무량한 그늘 안에서

하늘의 어깨에 등을 기대고
살아가는 산들처럼
그 산들의 가슴에 발을 비비고 사는
산골물처럼
우듬지로 푸름을 끌고
기어오르는 잔잔한 수액들처럼
나뭇잎 사이 사이
말랑말랑하게 부푼 바람의 눈처럼
사운대는 뭇 그늘 속에
숨결을 포개고 살아가는 흙들의 속살처럼
물소리 찾아
낮은 포복으로 산을 오르는
이내의 부드러운 허리처럼,

내 마음속 천지에도
이처럼 자애로운
생명의 숨결이 가득했으면 싶어서
보면 볼수록 정겨워지는
그 은은한 자연의 눈빛에
내 영혼의 속눈썹이

자꾸 떨구어지나니,
내 마음속 굽이진 계곡을 지나
내 눈과 귀와 피와 가슴속으로
맑고 깊게 드리워진
그들의 무량한 그늘을 보며
그 무량한 그늘 속에
내 남루하고 무거운 마음을
옷처럼 접어서 내려놓는다.

바람에게 띄우는 시

바람은 거처도 없이
어디에서 태어나
어디에서 잠드는 것일까

바람은 발자국을 감추는 법을
어디에서 배운 것일까

바람은 천년도 넘게
그 많은 그림자를
어디에다 다 숨겨둔 것일까

강물의 잔물결 위에 깜박이는
바람의 눈은 몇 개나 될까

민들레 홀씨를 옮기는
바람의 마음은 어떤 모양일까

가을날 나뭇잎의 입술을 흔들며
바람이 전하는 말은 무엇일까

바람이 숲에서 부르는
푸른 노래는 몇 곡쯤이나 될까

바람이 밤하늘 별빛에게 들은
각설탕 같은 이야기는 어디로 떨어질까

바람이 산정으로 하얀 구름을 밀며
속삭이는 말은 어떤 빛깔일까

바람은 비와 비 사이를
어떻게 젖지도 않고 잘 지나다닐까

투명한 바람의 지문은
세상 여기저기에 얼마만큼이나 흩어져 있을까

바람의 전생은 무엇이었으며
후생엔 또 무엇이 될까

바람이 우리를 데려가고 싶은 곳은 어디일까
천지의 바람과 바람을 따라
우리가 찾아가야 할 곳은 어디일까

우리는 무엇을 물어야 할까?
– 파블로 네루다의 「우리는 질문하다가 사라진다」에 답하여

1
왜 토끼는 빨간 눈으로
세상을 보는 것일까.

사슴은 어디에서
긴 뿔을 얻어 올까.

솔개는 동그라미 그리는 법을
어디에서 배운 것일까.

새들은 노랫소리로
어떤 세상을 열고 싶어하는 것일까.

나무는 언제부터
바람을 불러 모으는 법을 깨우쳤을까.

꽃은 어떤 제조법으로
향수를 만드는 것일까.

감자가 흙에게 들은 오랜 속삭임은

어떤 것일까.

씨앗에게 꿈꾸는 법을
처음 알려준 것은 누구였을까.

세상 그 많고 많은 꽃 중에
왜 녹색 꽃은 어디에도 없는 것일까.

2
왜 바닷가 어린 게는
옆으로 걸으면서 삶을 배우는 것일까.

왜 나비는 몸집보다
더 큰 날개를 가진 것일까.

거미는 어떻게 하얀 실로
아침마다
이슬에 젖는 집을 지을 생각을 했을까.

지렁이가 흙에 대해 가지는
심중하고 오랜 철학은 무엇일까.

돌 속에 숨은 가재들의 마음은
수심 몇 뼘쯤이나 될까.

모기도 때때로 서로에게
더없이 감미로운 사랑을 노래할 수 있을까.

벌들이 일생 꿀을 캐면서
수없이 맡았을 꽃향기는 어디에 저장되어 있을까.

달팽이의 눈 속엔
우주가 얼마나 들어갈 수 있을까.

반딧불이의 빛이
자기 생의 어둠을 밀어내는 힘은 어느 정도일까.

3
펄펄 나리는 눈은 어디에서 뒹굴어
흰색을 묻혀오는 것일까.

수직의 꿈을 그리는
빗방울의 눈은 몇 개쯤이나 될까.

산안개는 어디에서 잤다가
아침이면 자취도 없이 깨어나는 것일까.

노을은 고즈넉이 서산을 넘어가며
무슨 생각에 잠길까.

바다가 만드는 파도는 몇 개나 되며
그 파도들이 그린 수평선은 또 몇 개나 될까.

강물에 고요히 거꾸로 눕는 법을
산그늘은 어떻게 익혔을까.

조약돌에게 천만 겹으로 전해준
물의 마음은 어떤 것일까.

별들은 어떻게 속눈썹이 없이도
수없이 깜박이는 것일까.

산이 오래고 푸른 침묵 속에서
깨우친 생의 진실은 무엇일까.

달빛이 어둠 속에서
세상을 읽는 법은 무엇일까.

햇살은 물결에 수없이 뒹굴고서도
왜 조금도 젖지 않는 것일까.

소금이 바닷물 속에 있을 땐
어떤 표정을 하고 있었을까.

바닷가 바위가 세월없이 밤낮으로 들은
파도소리의 질량은 얼마나 될까.

이 외에도 생을 위해
우리가 물어야 할 것은 수없이 많고 많겠지만
그 무엇보다 하늘 아래 살면서
우리 안에 있는 천지만물과
우리가 만나는 길은 무엇일까.

내 마음이 시작되고
끝나는 곳은 어디일까.
모든 시작의 시작과
모든 끝의 끝은 어디일까.

좋은 질문은 어디에서 시작되며
좋은 답은 어디에 숨어있는 것일까.
우리가 잃어버린 마음이나 질문은 무엇이며
정녕 우리의 질문이 우리를 데려가고 있는 곳은 어디일까.

물의 우파니샤드

마음 부산하거나
못내 쓸쓸할 적마다
학교 안 연못 위의 구름다리에서
연못을 가만히 내려다보았다
내 그림자 비친
고요하고 잔잔한 물결 위엔
하늘이 넋 놓고 빠져 있고
흰 구름과 눈 맑은 바람도
간간히 누었다 갔다
속으로 속으로 가라앉아
다 가라앉아
격정의 시간을 다 지운 듯
거울처럼 모든 그림자를 안고
저 홀로 나날이 깊어져
스스로를 잊은 무심의 평온만이
그 속에
그득 고여 있는 것일까
세월의 그림자도 다 비껴간 듯
늘 아무 말 없이
어제도 오늘도

그저 잔잔한 하늘빛만 담고서
바람 따라 깜박이는
투명한 눈빛이
하냥 맑고 은은하여서
어제도 오늘도
온갖 시름
물결 사이에 다 내려놓고
내 마음 소곳이 비쳐보는
물의 우파니샤드였다

내 안을 두드리며

물속에 들어있는 소리
그 소리를 뽑아내는 건
물과 부딪치는 돌이듯이

댓잎 속에 들어있던 소리
그 소리를 끄집어내는 건
댓잎을 흔드는 바람이듯이

내 안에 간직한 소리를
흔들어 깨우는 건
내 마음과 부딪치는 고통이라는 돌
빈 가슴을 흔드는 그리움이라는 바람

빗속에 담긴 빗소리는
지상에 닿아야 소리가 나듯
나는 나 아닌 것에
닿아야 소리가 나나니
바닷가 바위가 되어
나를 때리는 파도 속에서
흰 물살 같이 쏟아지는

나의 진짜 소리를 찾는다
나의 소리는 언제나
내 안을 깨우는 것 속에
저 오온의 끝없는 물살 속에 있기에

통발을 비우며 생각하다

한쪽으로만 열리는 문처럼 내 생각의 통발에 갇혀 늘 내 마음밖에 몰랐네. 내게 붙박힌 시각으로 세상에 수없이 많고 많은 다른 마음들을 어찌 이해할 수 있으리. 내 쪽으로 치우친 마음으로 삶을 헤아리는 건 어린 게의 한쪽 눈으로 바다의 깊이를 다 보려하는 것!

물결이 물속으로 들어가듯이, 구름이 하늘 속으로 돌아가듯이, 마음도 끝내 무심으로 되돌아가는 것이라, 나를 놓은 초연한 마음은 어느 쪽으로도 기울지 않으리니 시작도 끝도 없는 마음이여, 구김 없이 흐르고 흘러 틀 없는 물결과 같이 어떤 그물에도 걸리지 말 일이며 늘 가슴 활짝 열린 무한의 수평선으로 소롯이 흐를 일이다.

바람의 빗자루

내 마음 쓸어줄 빗자루는
맑은 바람밖에 없으니
가슴에 켜켜이 앉은
포도주 같은 그리움과
풀지 못하고 엉켜버린
슬픔과 회한의 끈적임과
끝없이 날아가고 싶었던
코가 깨어진 꿈과 이상들
바닥이 짚혀지지 않았던
눈물과 절망의 숱한 밤들
그걸 깨끗이 다 쓸어줄 것은
투명한 신생의 신화 같은
물결을 스치듯 유유히 가는
저 눈 맑은 바람밖에 없거니
시린 가슴에 문을 열어
마음을 씻어내는 바람의 길이 되려네
끝없는 바람의 길을 따라
허공처럼 가벼워지려네

허공을 쓰는 그늘 없는 빗자루로

내 마음 빈 하늘을

잔물결처럼 스치듯 가려네

바람의 혼이 되어

모든 것을 놓아
만물 속에서 자유로운
천고의 바람처럼
나는 늘 그늘 없는 혼이 되리.

바늘에 낚이지 않는 물결처럼
손끝에 잡히지 않는 구름처럼
한 세월 호젓이 흐르고 흘러도

연잎 사이의 허공처럼
별빛 사이의 어둠처럼
커질 것도 작아질 것도 없는 나.

조각구름이 산을 살풋 넘어가듯
내 마음 너머로 가서
무한천공에 그림자를 지운 바람처럼
시간의 장벽 너머
만년 속에서도 그대로요
만상 속에서도 그대로인 투명한 나를 찾으리니

내 그늘진 영혼을
순간순간 깨어나는 물비늘처럼 빚어서
세월의 그물 너머
저 끝없는 하늘 속을 마음껏 누비는
눈 맑고 초연한 바람의 혼이 되리.

내면 속의 지도

느린 마음 졸음처럼 베어 물고
거북이가 자기 안으로 깊이 들어가는 까닭은
마음의 지도를 보기 위해서지요.

자신을 이해하는 만큼 펴지는
영혼의 지도를 따라
내면 속 고요의 바다에 닿기 위해서지요.

해저보다 깊은 곳, 마음의 빛도 잠긴 곳
그러나 지도는 언제나 거기에 있었지요.
내 안의 가장 깊은 곳, 나도 모르는 내 마음속에!

내 안의 나를 깨우며

내 안엔 수많은 내가 있네.
내가 아는 나와
내가 모르는 미지의 나,

내 밖에도 수많은 내가 있네.
사람들이 생각하는
저마다 다른 나와
신과 만물에 비쳐진 나,

마음의 바닥에 일렁이는
남루한 고독과 회한을 씻어내고
수많은 나 사이에서
내가 찾아야할 진실은 무엇일까?

기쁘고 슬펐던
수많은 만남의 여울에서
내가 잃은 것과 얻은 것들
사랑했던 것과 사랑에서 멀어진 것들
가슴으로 껴안은 것과 껴안지 못한 것들
물결에 이는 바람 같이 투명하게 지나간 것들

나를 찾게 하는 것과
잃게 하는 것들,
마음의 자루에 잘 담지 못하여
내 안에 묻힌 것들
묻혀서 아주 잊혀진 것들
내가 닦아야 할
내 영혼의 빛과 어둠과 같은 것들

삶은 나를 데리고

삶은 나를 데리고 어디로 가는 것일까?*
때때로 한 물음이 내 마음을 멈춰 세운다
수많은 빗물이 하나의 강물로 만나 흐르듯
나란 내가 살아온 모든 순간들의 총체일 텐데
현재와 나와 도달해야 할 나 사이에
나를 나로서 살게 하는 것은 무엇일까
나는 또 나를 무엇으로 만들어야 할까

무릎이 깨어져 홀로 지샌 날들이 많았으니
쇠똥구리처럼 삶을 동그랗게 굴리지도 못한 채
나는 삶을 데리고 어디로 가고 있는 것일까?
때때로 가만히 시간의 작은 행간에
빗살무늬 같은 모든 순간의 나를 살풋 내려놓고서
고요한 물살처럼 산속의 고즈넉한 이내처럼
내 마음속에 드리운 빛과 그늘을 보고 싶나니
아 삶은 정녕 나를 데리고 어디로 가고 있는 것일까.

---

* 류시화, "나는 삶을 데리고 자꾸만/어디로 가고 있는가"

생의 지붕을 새로 엮으며

열등감의 덩굴에 깊이
마음을 숨기고,
타인이 주는 인정의 물줄기에
늘 목말라 하며 살았던 날들

수치심의 지붕 아래서
이 마음과 저 마음이 부딪쳐
나는 늘
수없이 아프게 깨어져야 했었네.

눈 먼 동굴의 어둠 같은
긴 세월의 굽이굽이를 돌아
나는 이제야 보네,
세상 그 어디에도 없던
사랑의 젖줄은 내 가슴에 있고
풀지 못한 감정의 그림자는
반드시 밖으로 비춰진다는 것을.

선정에 든 고즈넉한 가을 계곡이
물과 바람을 안고

저 홀로 세월을 다독이며 깊어지듯,
삶의 길목에서 생기는
모든 것을 온전히 받아들일 때
그렇게 있는 그대로의 나를 껴안아
내면의 현이 하나로 조율될 때
내 가슴은 꽃처럼 열리고
그때서야 내가 진정으로 사는 것임을.

삶의 길목에서

흐르는 물살은
바위에 닿으면 바위에 닿는 대로
길이 굽어지면 굽어지는 대로
온몸으로 삶을 대하며
끊임없이 자신을 부수면서도
그 부서짐으로 다시 자신을 세우네

나는 나를 놓지 못해
제대로 부서지지 못하고,
부서지지 못해서
제대로 깨어나지도 못하고
삶의 굽이에서 망설이고 섰나니

흐르는 물살은
쉼 없이 삶의 모진 부분
까칠한 살갗들
자신의 살로 부비고 부벼
자신을 끊임없이 깨뜨리지만

머무는 바 없는 마음 때문에

아무것도 가지지 않고

아무것도 잃지도 않고

늘 저만치서 그늘 없이 흘러만 가네

나를 힘들게 했던 나의 삶에게

겨울 동굴보다 더 깊은 외로움과
마른 뻘 같은 끝없는 좌절과 실의 속에
나는 당신을 얼마나 원망했던가요.
하지만 끝끝내
당신이 내게 그렇게 한 것은
내가 스스로
내 안을 깊이 들여다 볼 때까지, 하여
신화 같은 내 안의 판화를 들여다보고서
내 마음의 것이 그림자처럼
그대로 내 삶의 모습이 됨을
알게 하기 위해서였습니다.

당신의 그러한 의도를 모른 채
오랫동안 영혼의 소경으로 산 세월은
그대로 고통의 긴 긴 가시밭길이었습니다.
그러나 그 가시밭길은
나의 진실을 찾아가기 위한
웅대한 채광의 길이었으니
그 길 끝엔
또 다른 갱생의 숲이 끝없이 펼쳐져 있을 것입니다.

아 그러나 당신의 뜻을 모른 채

수많은 좌절과 한탄 속에서

나는 당신을 얼마나 홀로 원망했던가요.

하지만 늘 그렇게

당신이 고통이라는 심중한 이름으로

나의 창을 끊임없이 두드린 것은

나를 깨워

내 안의 숨겨진 어둠들을 찾아

환희의 빛으로 만들기 위한 것이었습니다.

내 안의 잊혀진 어둠들을 닦아낼 때

눈물은 미소가 되고

울음은 노래가 되고

정녕 삶이 은거울처럼 밝아진다는 것

오직 그것을 일깨워주기 위한

당신의 깊고도 간절한 가르침 때문이었습니다.

꽃그늘을 만지며

꽃나무를 심어야 그 아래로
꽃그늘이 은은히 내리듯
마음속에 나를 내려놓을
고요의 가지 하나 없으면
삶에 그 어떤 그늘이 드리우리.

삶은 씨앗 속에 있다

삶은 수많은 씨앗 속에 있다.
삶의 모든 이야기가 들어있는 씨앗
신과 우주까지 들어있는 씨앗
순간과 영원을 담고 있는 씨앗
행복과 슬픔이 시작되는 씨앗
마음이라는 씨앗
나라는 씨앗.

쓰레기통에게

네 속엔 시와 같은 영혼의 빛과 향기가 있다.

네가 아니었더라면
네가 그 숱한 오물을
홀로 받아들이고 가져가주지 않았더라면,
온 세상이 쓰레기 같은 곳이 되었을 테니까.
네가 세상을 맑게 비워내는 빈 그릇이니까.

사랑법

1
모래로는 천년을 안쳐도
밥이 되지 않는 것처럼
나를 내놓지 않고는
사랑은 익을 수가 없는 것

2
물결이 자신을 호수에게 주듯이
강물이 자신을 바다에게 주듯이
사랑은 자신을 다 주고서
자신보다 더 커지고 깊어지는 것

3
나무가 가지를 굽혀 언제나
그늘을 아래로 드리우듯
사랑은 자신의 가지를 굽혀
그 낮아진 마음 그늘로
상대를 고이 감싸 안는 것

씨앗에게 묻는다

조그만 사과 씨앗 하나도,
다른 이에게 주려고
자기 안에
숱한 꽃과 열매와 그늘들을
꼭꼭 접어 끌어안고 있건만……

아 내 생각의 씨앗
하나엔
정녕 무엇이 호젓이 담겨 있을까?

숯

숯은 나무의 사리
이는 땅 속에 묻혀서도
천년을 변치 않는
마음의 색을 지녔거니

홍옥 같은 열과 빛으로
자신의 전부를 다 사르고
혼의 알맹이만
길이 물들지 않는
적요 한 줌으로
정갈히 남은 이가
또한 저와 같으리라.

얼음 밑을 흐르는 법

굳고 차가워져 슬픔과 회한마저
얼어가는 세월일수록
더 낮아지고 더 따뜻해야 흐를 수 있나니
쉼 없이 흘러야 얼어붙지 않을 수 있나니
줄기찬 흐름만이 생명이요
유일한 희망이라

우리도 저 물과 같아서
암중모색의 두근거리는 찬란한 미래를 따라
머무르는 바 없는 마음이라야
봄의 바다에 이르리라.

고요에 씻긴 마음

1
손과 얼굴의 때는 비누로 씻지만
마음의 때는 고요라는 비누로 씻네
모든 분진의 세월을 비껴가듯
마음이 고요에 닿으면 닿을수록
온갖 슬픔과 분란도 모두 씻기고
그저 깊은 잔잔한 평온 속에서
나라는 거품이 다 가라앉으리라
때때로 내 안팎을 몹시 흔드는
세상이란 거품도 다 깨어지리라

2
아침의 새소리든 숲속의 바람이든
무엇이든 나를 새로 눈뜨게 하는 것은,
책 속의 밑줄이든 어떤 이의 눈빛이든
나를 나에게로 이르게 하는 모든 것은
다 나의 진리가 되고 희망이 되는 법
햇살 반짝이는 나뭇가지의 푸른 그늘처럼
끝없이 시야가 확장된 드넓은 수평선처럼
그저 마음과 마음을 다 내려놓는 것은
광활한 고요 속에 나를 가만히 놓아주는 것

고요에 깃든 마음

고요에 마음 깃드는 것은
그 마음에 꽃을 심는 일이다.
그 꽃은 빛과 향기 없이도
내면을 빛과 향기로 가득 채울 것이므로.

고요를 가슴에 놓는 것은
그 가슴에 나무를 키우는 일이다.
그 나무에 무성한 가지가 없어도
마음에 늘 맑은 그늘이 드리울 것임으로.

삶 속에서 고요를 빚는 일은
내 모든 것 속에서
영혼의 문을 여는 일이다.
나를 지운 마음은
모든 것 속으로
들어가는 무한의 입구인 까닭에.

자기 안에 숨겨진
깊은 고요를 찾아내는 것은
마음속에 비어있는 하늘,

가슴속에 놓여있는 무한을 찾는 일이다.

나는 나 너머에서 왔고,

고요 또한 언제나

내 마음 너머에서 오는 것이기에.

너와 나를 불러서

눈이 제 눈동자는 못 보네.
혀가 제 말을 거두진 못하네.
마음이 제 마음엔 닿지 못하네.

산이 스스로는 못 보는 것처럼
바다가 스스로는 못 듣는 것처럼
하늘이 스스로는 제 가슴에 못 닿는 것처럼

그래,
산은 사람들의 눈을 데려오고
바다는 사람들의 귀를 끌어오고
하늘은 사람들의 가슴을 불러온다네.

너와 내가 없이는
보고 듣고 느낄 수가 없어서,
정녕 눈도 귀도 가슴도 마냥 없어서!

물속의 조약돌

물이 잘 흘러가도록
동그랗게
등을 내준 거예요.
내 등을 밟고서 시냇물이
강물이 되어 바다로 가지요.
물이 부드럽다지만
물도 저 혼자 힘으로
바다까지 가는 게 아니에요.
내가 등을 내줘야죠.
손주를 업은 할머니처럼
내 등이 낮은 길이 되어줘야죠.
오작교에 까치와 까마귀가
견우직녀를 위해 등을 내주는 것처럼
모든 물이 바다와 만나라고
거북이처럼 동그랗게 등을
내주는 거예요.
징검돌이 자기 등을 내주고서
냇물을 건너는 정겨운
다리가 되는 것처럼,
사랑은

자신의 등을 내주고서
시간의 다리가 되는 거예요.
뜨거운 가슴 대신
동그란 등으로 자신을 굽혀
마음 다독이며
세상에서 가장 낮고 부드러운
튼튼한 다리가 되어주는 거예요.

등을 내어준다는 것

낙엽은 떨어진 순서대로
서로를 업는다.
처음 떨어진 낙엽이 자신의 등으로
그 다음 낙엽을 업고
그 낙엽은 그 다음 낙엽을 업고
그 낙엽은 다시 그 다음 낙엽을 업고서
바람의 손길이 떨궈준 대로
자신 위에 시간의 겹들을 포개어 놓고
등에 등을 포개어 소신(燒身)의 엷은 탑을 쌓는다.

나를 내 어머니 아버지가 업었고
내 어머니 아버지를 할아버지 할머니가 업었고
그 할아버지 할머니를 또
그들의 어버이들이 업었듯이,
내 몸 속에 차곡차곡 쌓여서
흐르는 따뜻한 피는 그렇게
더 낮은 시간의 겹 속에
자신의 생을 다 내어주고서
등에 등을 포개어 생명의 온기를 돌게 한
저 빛나고 호젓한 등의 역사에 있으렷다.

접어 넣기의 미학

순간 속에 영겁을 접어 넣고
이슬 속에 우주를 접어 넣고
네 눈 속에 무한을 접어 넣고
내 안에 하늘을 꼭꼭 접어 넣고……,
마음은 뭐든 손쉽게 다 접어서
자기 안에 둘 수 있는 것.

신이 하나의 씨앗에
나무의 전 생애를 접어 넣고,
그 나무가 가지고 올
꽃과 열매와 바람과 그늘과 햇빛과 새소리를 접어 넣고,
다시 그 나무가 뿌릴 숱한 씨앗을 접어 넣고,
그 씨앗엔 또 다른 나무,
그 나무엔 또 다른 씨앗,
그 씨앗엔 또 다른 나무……,
이렇게 그치지 않는 누천년을 가볍게 접어서 넣어둔 것
처럼.

시와 수정

시는 언어의 보석이요
그 중에서도
수정의 혼을 가졌으니

수정은 물빛처럼
안과 밖이 투명하여
정갈한 피와 살이
그대로 그 자신의
순수한 내면이 된다.

마르지 않는 빛의
거울 같은 눈
온몸이
물빛 심장이요
고요의 뼈라

늘 그 눈빛으로
적요를 말하고
투명한 혼과
정갈한 기운으로

마음을 가라앉히는
숨결의 꽃!

물속으로 들어가면
물빛과 하나가 되는 수정처럼,
만물 속으로 스미는
시의 영혼이
적요의 노래 같은
찬찬한 물빛 꿈을 베고서
내 곁에서 고이 잠잔다.

시심이 무한 속에 들 때

1
동자가 스승에게
깨달음이 무엇인지 물었다.
깨달음이란 나 너머의
무한의 마음을 얻는 것이란다.
그럼
무한의 마음이란 어떤 것인지요?

무한의 마음이란
내 마음이 모든 것 속에 들어가서
그 모든 것의 마음과 함께하는 것이란다.
마음이 겨울 산에 들면
흰눈을 뒤집어쓰고 깊은 묵상에 잠기고,
먹구름에 속에 들면
만물에게 고루 빗물을 뿌려 주고,
바다에 들면
수많은 파도로 시간을 제어보기도 하고,
천둥과 벼락 속에 들면
불의 마음으로 세상을 깨우고,
천 길 벼랑에 들면

높고 가파른 고독이 되고,
또
먼지 속에 들면
존재의 가벼움이 되고,
숨 속에 들면
온기의 숨결이 되고,
슬픔과 시름 속에 들면
만인의 한숨과 눈물이 되고,
기쁨과 환희 속에 들면
만인의 웃음과 미소가 되고,
色에 들면 잠시
나타났다가
空에 들면 잠시
사라졌다가,
곤충의 눈에 들면
곤충의 눈으로 세상을 보고,
연꽃 속에 들면
연꽃의 빛과 향기가 되고,
천만 물결과
억만 햇살에 들면
천만 물결과
억만 햇살의 입맞춤이 되고,
지는 꽃에 들면
지는

꽃의 마음이 되고
밤하늘에 들면 별빛으로 눈뜨고,
……
마침내
내가 아닌 것이 없고,
천지 만물의 마음이 곧
나의 마음이 되는 것이란다.

2
그럼,
무한의 마음은 어떻게 이룰 수 있나요?

물결에 앉은 달빛이나,
그 물결 위에
무늬를 지으며 지나는 바람을
붙잡을 수 없는 것처럼
마음 거울에 비친
생각들을 그저 놓아주어야지.
천만 물결이
물속으로 스미듯,
내 마음이
만물의 마음속으로 스미게
숱한 마음들을
허공 속 구름처럼 다 놓아주어야지.

끝없고 끝없는 저 파도가
끝내 수평선으로 하나가 되듯
나를 초연히 놓고
만물의 마음과 하나가 되어야지.
천지의 가슴과 더불어 흘러야지.

3
그렇게, 나를 놓으면
제 마음은 어디로 가나요?

......

끝내 그리하면
그저 화살이 과녁에 꽂히듯
마음은 마침내,
나를 잊은 무심에
고요히 박히는 법이란다.
무심은 곧 무한으로 가는 입구요
모든 것을 끌어안을 수 있는 시작점이니까,
그 무한이 곧
우리의 본래 마음이요
천지만상을 연결시키는 그 마음이 바로
우리 안에 숨겨진
하늘의 끝없는 시심이니까!

4

에고

생각의 통발에 갇혀
자기 마음을 조금도 벗어나지 못하는
서글픈 물고기 한 마리여!

마음 질곡(桎梏)

자신이 붙잡고 있어
그리 무거운 데도……
스스로 놓지 못하여
평생을 짊어진
우주 반쪽만 한 짐 하나.

신성의 불꽃

불은 나무 안에 들어있지만
그것이 불붙기 전에는 모르듯,
신성은 늘 우리 안에 있지만
깨어나기 전에는 모르더라.

선(禪)의 가마 속

에고가 자작나무처럼
자분자분 불타서
다만 하얀 재만 남아서
다시는 불붙지 아니 하도록, 하여
불붙지 않는 정갈한 고요 하나만
고이 남을 수 있도록….

연못에 떨어지는 빗방울

허공과 바람의 길을 지나
이윽고 연못에 다다라
연못과 하나가 되어버린
빗방울 하나는 다시는
연못에서 찾아낼 수 없으리라

나라는 빗방울은
하늘에서 수면까지
몇 생의 허공을 건너야
몇 겁의 바람을 지나야
연못에 닿을 것인가.

나라는 오뇌의 빗방울은
무아의 연못에 닿을 때까지
얼마나 더
허공의 고독을 붙잡고
떨어져내려야 하는 것일까
얼마나 더
바람의 매를 맞으며
심장이 불타야만 하는 것일까
아 적멸처럼 아득한 내 영혼의 연못이여!

나를 깨우는 벼락

– 내 안의 신성이 내게 이르길

천둥이 먹구름 속에 잠잘 때
나의 기나긴 시간은
천년을 지나온 그리움 속에 있었네.

오직 단 한 번
그대의 마음을 깨뜨리려고
그대의 마음을 눈뜨게 하려고,

천년 동안 날을 벼리며
벼락의 마음으로 있었네.
깨어져서, 깨어져서
더는
깨어질 게 없는 것이 되려고
광활한 불의 마음으로
먹구름 속에 있었네.
어느 곳, 어느 순간에서나
안팎 없는 하늘을 열고자
허공의 빈 가슴으로
천둥의 웅대한 침묵으로
천년을 기다리고 있었네.

마음 한 겹

내 마음이 없이는
그 무엇도 느낄 수 없으니,
부처도
내 마음 안에 있고
하느님도
내 마음 안에 있고
높은 빌딩도
내 마음 안에 있고
동전 한 닢도
내 마음 안에 있고
천년 고목도
하루살이도
내 마음 안에 있고……
이렇게 모든 게
내 마음 안에 있고 보면
천지가 나의 마음이요
나의 마음이 천지이니,
우주와 먼지 사이도
마음 한 겹이요
억겁과 순간 사이도

마음 한 겹이요
천국과 지옥 사이도
마음 한 겹이요
성자와 거지 사이도
마음 한 겹이요
너와 나 사이도
생과 사 사이도 그저
내 마음 한 겹일 뿐
하여 때때로 그 한 겹을
살며시 지워보고 싶나니
끝내 아무 겹이 없는
세상을 만나보고 싶을 뿐

재어보기의 심연

씨앗 속에 있는 열매와
열매 속에 있는 씨앗은
어느 쪽이 더 큰 것일까.

파도 속에 있는 바다와
바다 속에 있는 파도는
어느 쪽이 더 큰 것일까.

하늘 속에 있는 나와
나 속에 있는 하늘은
어느 쪽이 더 큰 것일까.

그대 안에 있는 나와
내 안에 있는 그대는
어느 쪽이 더 큰 것일까.

아아,
별 속에 있는 우주와
우주 속에 있는 별은
어느 쪽이 더 깊은 것일까.

눈썹에 깜박이는 고금

바람이 꽃잎을 떨구면
꽃잎 떨어지기 전과
꽃잎 떨어진 후로
작은 고(古)와 금(今)이 생기네.

깜박이는 네 눈썹 사이에도
눈 뜨기 전과
눈 뜬 후의
작은 고금이 있듯이

무한의 시야로 보면
만리장성 같은
천년의 흥망성쇠도
작은 하나의 고금이요
굽어진 소나무 같이
천만사 고달픈 인생살이도
작은 하나의 고금일 뿐이니

삶이라는 꿈에서
나비처럼 깨어나고 보면,

우주와 세상 모든 것이
꽃 피고 지는 사이요
깜빡이는 속눈썹 사이일 뿐
하나의 작은 고와 금 사이일 뿐.

마음이 마음속에 지은 집

그 가슴 속에
맑은 바람이 깃들여 있으면
삶의 어느 곳에서나
맑은 바람의 비늘이 파닥이리.

그 내면 속에
하얀 연꽃이 피어있으면
삶의 어느 순간에나
그윽한 연꽃의 향기가 번져가리.

그 영혼 속에
푸른 나무가 심어져 있으면
삶의 어느 때, 어느 곳에서나
평온의 그늘이 깊게 드리워지리.

언제 어디서든
우리가 제일 먼저 만나는 것도
우리가 늘 존재하는 곳도
단지 우리의 마음속이니까.
모든 생의 바람이 묶어가는

그 마음속 세계가

언제나 내 영혼이 살고 있는

우주에 유일한 집이니까.

삶이 물결 속에 스미는 꿈이라면

산은 산이요 물은 물이라는데
간혹 생이 악몽 같을 때가 있네
삶이 다 끝나는 자리에
꿈결에서 침목(枕木)을 빼듯
다 비우고 보면, 다 지우고 보면
마침내 무엇이 남는 것일까
빈 거울처럼 내 마음도 그대로요
세월없는 저 물과 산도 그대로일까
높고 높은 먼 하늘에서 바라보면
호수 위를 지나는 조각구름처럼
생의 모든 것이 잠시 스쳐가는
저마다의 잔잔하고 애틋한 꿈이었을까
살았을 젠 끝내 스스로 깨지 못하는……

내 눈 속의 세상

나비의 눈 속엔
나비의 세상이 있고
바닷가 어린 게의 눈 속엔
어린 게의 세상이 있네

언제나 마음으로 세상을 보기에
영혼의 거울을 보듯
나의 눈 속엔 나의 세상이 있고
그 세상은 오직
내 마음 안에 있는 것

거지의 눈 속엔 거지의 세상이 있고
성자의 눈 속엔 성자의 세상이 있네

별의 눈 속엔 별의 세상이 있고
그 세상은 별의 마음속에 있듯이
하늘의 눈 속엔 하늘의 세상이 있고
그 세상은 오직 하늘의 마음속에 있듯이

마음속의 눈
– 내면의 현자가 내게 이르길

그대가 어디를 가서
무엇을 보든
하늘과 빛을 보든
폭풍과 어둠을 보든
아이의 눈을 보든
거지의 눈을 보든
그 눈 속에 든 세상을 보든,
그대가 만나는 것은 늘
그대의 마음이라네.
대상을 보는 것은
밖에 있는 것이 아니라
오직 그대
마음속의 눈이니까.

그대가 어디를 가서
무엇을 보든
빛 속의 어둠을 보든
어둠 속의 빛을 보든
먼지 속에 우주를 보든
우주 속에 먼지를 보든,

그대가 보는 것이 곧
그대로
그대를 만들 것이네.
나는 내 마음 안에 있고
내가 보는 것 속에 있으며
삶 또한 그 속에 있기에,
오직 마음속의 눈이
내 삶을 담는 그릇이기에.

우리의 마음이 낮아질 때

내 마음이 낮아질 때
물의 마음을 배울 수 있네.
아래로 가서
더 아래로 가서,
더는 낮아질 수 없는 곳에 이르면
모든 것과 하나로 어울릴 수 있네.

내 마음이 비워질 때
하늘의 마음을 배울 수 있네.
비우고 비워
시작도 끝도 없이
더는 비워질 것이 없는 곳에 이르면
모든 것을 품에 안을 수 있네.

물과 하늘 속에 있는
나의 마음이여
나의 마음속에 있는
물과 하늘이여

더 낮아질 때 더 높아지고
더 비워질 때 더 커지는
마음속의 마음이여,

내가 내 아닌 것이 될 때
모든 것이 내가 되느니
만물 속에 놓인 나의 마음이여
내 속에 있는 천지의 마음이여.

삶이라는 거울을 바라보며

—어떤 이가 신을 만나고자
천일 동안 기도를 했었는데
어느 날 꿈에 신을 만나 다음과 같은 계명을 받았다

생의 모든 순간이 축복임을 알라
모든 것이 내가 네게 주는 말임을 알라
늘 그렇게 느끼고 그렇게 들어라
그러면 바다에 내려앉는 별빛처럼
모든 것에 의미의 빛깔이 깊어지리라

삶의 모든 것에서 너 자신을 보라
모든 것이 너를 비추는 거울임을 알라
늘 그렇게 안과 밖을 하나로 보라
그러면 서로 등을 맞대고 있는 앞면과 뒷면처럼
삶의 진실이 어디서 비롯되는지를 알게 되리라

내가 네 안에 늘 함께 있음을
또 모든 것 속에 늘 함께 있음을
늘 그렇게 깨어서 보고 자각하라
그러면 어디서든 구심력의 꼭짓점처럼

모든 것 속에 있는 하나의 생명을 볼 것이니

하나의 생명 속에선

하나의 사랑밖에 없음을 알게 되리라

내면의 신성에게 드리는 기도

내 안에 계신
하늘이시여,
나를 깨어나게 하소서.
삶의 고통과 번민 속에서
마음의 문이 좁아
차마 받아들이지 못하고
제 스스로에게 갇혀있던 것을
이제는 기꺼이 받아들여 풀려나게 하시고,
사랑하지 못하여 기울어진 것을
온전한 사랑으로 바로 세우게 하소서.
시련과 좌절의 폭풍 속에서도
그것이 실은
나를 키우는 신성의 바람이라는 것을 알아
다시 의연히 일어나게 하시고,
모든 욕망의 파도 속에서
진실한 삶의 의미를 찾아
영혼의 바다에 이르게 하소서.
내가 눈물 흘리고 한숨으로 탄식할 때
그 눈물과 한숨으로
당신이 늘 내 곁에 함께 있음을 알게 하시고,

삶은 오직 순간 속에 있는 것임을 알아

언제나 이 순간을 영원처럼 살게 하소서.

때때로, 깨어진 거울처럼

깨어진 마음속에 삶이 산산이 부서지듯 괴로운 날에도

그 속엔 내가 찾아야 할 소중한 진실이

보석처럼 담겨있음을 잊지 않게 하소서.

천년을 두고도

변하지 않는 별빛처럼

내 안의 순결한 영혼을 찾을 때까지,

그 별이 실은 내 안에 있는 것임을 알 때까지

늘 깨어있는 마음의 눈으로

스스로를 돌아보게 하소서.

높은 곳을 보는 눈으로

낮은 곳도 함께 보게 하시고,

더 많은 것을 바랄 때

더 많이 주는 삶을 생각하게 하소서.

빛과 그늘이 한 몸이듯이

행복과 슬픔이 한 형제일지니

삶의 모든 것을

하나의 눈으로 보게 하소서.

그 하나의 눈으로

모든 것이

신의 약속이요 축복임을 알게 하소서.

그리하여 언제나

내 가장 깊은 곳에서
당신을 보게 하소서. 하여
그 꺼지지 않는 빛의 눈으로
모든 사람들 속에서
당신을 보게 하시고 또
삶의 모든 것에서
당신을 보게 하소서.
그리하여 다시
당신 속의 영원한 나를 보게 하소서.
당신과 나는
끝없는 사랑과 조화와 섭리 속에서
언제나 하나일지니…….

현자를 기리는 노래

삶의 길이 어디에 있는지 몰라
수없이 헤매였습니다.
마음의 안식처가 어디에 있는지 몰라
한참을 서성였습니다.

삶의 무릎이 꺾이고
숱한 눈물과 좌절이 가슴에 먹구름으로 흘러
깊은 어둠처럼
삶이 차갑고 캄캄하였습니다.

그러나 그 어둠의 숲 끝에
말하지 않은 것을 느낄 수 있고
스스로도 다 이해하지 못한 것을
고요히 바라볼 수 있는 이,
그가 사랑의 가슴을 열고
우리를 기다리고 있었습니다.

영원히 식지 않는
'하나의 가슴속'으로
그가 우리를 부르셨고

그 가슴이 진실로
우리의 고향이며, 우리의 안식처며,
우리의 근원임을 알게 하셨습니다.

그 가슴속에서 우리는
무지와 아상의 눈을 감고,
삶과 자신을 새롭게 볼 수 있는 영혼의 눈을 떴습니다.

그 영혼의 눈 속에서
닫혀있던 우리의 가슴이
삶의 축복으로
빛의 연꽃으로 열리어,
우리의 가슴과 가슴이 하나의 징검다리처럼
서로의 영혼 속으로
깊은 사랑의 자장 속으로 건너갈 수 있게 하셨습니다.

위대한 사랑의 자장인
하나의 가슴속으로 내려와
고요한 물결처럼
진리의 숨으로 우리를 안식케 하시고
또 새롭게 깨어나게 하신 이여!

그 사랑의 물결 속에
당신은 고귀하고 아름다운 빛으로

우리 모두의 마음에 진리의 그늘을 부어 주셨습니다.

세상의 어둠과 숱한 고난 속에서도
온 삶을 다 바친 가슴의 헌신으로
우리의 무지와 삶을 열게 하신 당신의 눈물이 계셨기에
오늘 우리의 가슴이
사랑과 평화의 물결로 충만할 수 있었습니다.

그 물결이 하나로 모이여
커다란 진리의 바다를 이룰 것이니,
당신이 늘 우리 안에 계시기 때문이요
우리가 늘 당신 안에 있기 때문일 것입니다.

너와 내가 서로의 가슴 안에서 하나된
사랑의 바다여,
진리의 바다여, 꿈과 영원의 바다여!

당신 곁에 우리의 마음이 언제나 함께 할 것입니다.

마음의 시, 깨달음의 시

김현수(문학평론가)

　세상의 어여쁜 꽃만큼이나 시인들이 많다. 시인은 맑고 따뜻한 시선으로 세상을 바라보며 인간다운 세상을 꿈꾼다. 그래서 탁한 현실에서 마음이 고운 시인들이 많아지는 것은 더없이 좋은 일이다. 시인의 아름다운 시가 독자의 마음을 적신다면 그것은 고운 비단에 꽃을 놓는 축복이 될 것이다.

　김주수 시인의 시는 한 송이 꽃처럼 특별하다. 그의 시의 특별함은 우선 순수한 내면에서 찾을 수 있다. 순수하다는 것은 마음이 더럽지 않고 깨끗하다는 것이다. 순진한 아이의 마음은 티 없이 맑고 깨끗하다. 숨은 가재를 잡기 위해 바위를 살짝 들어올리는 아이의 마음이 아니고서는 순수한 시를 쓸 수 없다. 시인은 삶의 냇가에서 시가 숨어 있는 마음의 돌 하나를 찾아본다. 이것은 「시작」에서 말하는 그의 시작법이다.

　시냇가 바위 아래에 숨은 가재를 잡으러
　살금살금 다가가
　바위를 살짝이 들어올리는
　아이의 마음같이,

삶의 냇가에서

어느 곳에 시가 숨어 있을까,

시가 숨어 있는 마음돌 하나를 찾아

자기 숨결 새로

살짝이 들어보는…….

–「詩作」

눈이 맑으면 무엇이든 잘 보이는 모양이다. 너무나 하찮고
사소한 것이어서 우리가 그냥 지나치는 것도 시인은 호기심
어린 눈으로 바라본다. 시인의 눈은 망원경과 같고, 현미경과
같다. 그래서 멀리 있는 것도 잘 보고, 작은 것도 크게 본다.

왜 토끼는 빨간 눈으로

세상을 보는 것일까.

사슴은 어디에서

긴 뿔을 얻어 올까. (…)

나무는 언제부터

바람을 불러 모으는 법을 깨우쳤을까.

꽃은 어떤 제조법으로

향수를 만드는 것일까. (…)

별들은 어떻게 속눈썹이 없이도

수없이 깜박이는 것일까.

－「우리는 무엇을 물어야 할까」 일부

    그의 눈에 토끼의 눈, 사슴의 뿔, 나무를 스치는 바람, 꽃, 바람 등이 포착된다. 토끼가 왜 빨간 눈으로 세상을 보는지, 사슴은 어디서 긴 뿔을 얻어 오는 것인지, 나무가 언제부터 바람을 불러 모으는 법을 깨우쳤는지, 꽃은 어떤 제조법으로 향수를 만드는지, 별들은 어떻게 속눈썹 없이도 깜박이는지 등에 대해 시인은 궁금해 한다.

산그늘이 강물에 누워

온종일 물결에 들은 귓속 이야기는

어디로 흘러갔을까.

달빛이 바다에 앉아

밤새 파도에게 들려준 이야기는

어디로 스며들었을까.

－「무정연서」 일부

    시인은 사람들이 별로 알고 싶지 않아 하는 것에 애착을 갖고 꼬치꼬치 묻는다. 그의 질문은 사심 없는 순결한 마음과 사물에 대한 애정에서 연유한다. 백지와 같은 순결한 내면은 자연을 향한다. 자연(自然)은 세상의 시끄러움이나 혼잡함이 없는 순수 그 자체다. 시인은 이런 자연을 응시하며, 우리가 놓치고 있던 사실을 찾아낸다.

하늘이 연못에 빠진 날,

그래도
구름은 잘도 빠져나오더니만……
하늘빛은 저 홀로 깊어서
나오지도 못하더이다.
 -「무심하야」

이 시는 연못에 내비친 하늘을 담아내고 있다. 떠도는 구름은 지나 가버리지만, 하늘빛은 그대로 연못에 고인다. 연못은 아름다운 하늘빛으로 꽉 차고, 하늘은 연못 안에 담김으로써 제 빛을 발한다. 대상과의 융합, 이로 인한 아름다움의 발산은 무심한 마음이 이루어낸 경지다. 무심(無心)은 탐욕이나 집착을 버린 정갈한 마음이다. 자연의 무심은 시인의 무심이 아니고서는 발견하기 어려운 것이다.

(1)
내 마음이/네 마음을 안고 있으면……
네 마음이 곧/내 마음속에 마음이 된다.

바람이 숲을 안고 있으면

숲의 술렁임이 곧

바람의 술렁이는 마음이 되듯이.

– 「바람이 숲을 안을 때」 일부

(2)

꽃나무를 심어야 그 아래로

꽃그늘이 은은히 내리듯,

마음속에 나를 내를 내려놓을

고요의 가지 하나 없으면

삶에 그 어떤 그늘이 드리우리.

– 「꽃그늘을 만지며」

시인은 '마음'을 노래한다. 그의 작품은 마음 그 자체를 소재로 한다. 이런 경우 작품의 내용이 추상적 관념에 빠질 우려가 있는데, 시인은 자신의 마음을 구체적인 대상과 대비시켜 시의 품격을 살려낸다. (1)에서 시인은 너의 마음을 안으면 네 마음이 내 마음이 된다는 것을 바람과 숲을 통해 말한다. 곧 바람이 숲을 안고 있으면 숲의 술렁임이 바람의 마음이 된다는 것이다. (2)에서 마음과 대비한 대상은 꽃나무다. 꽃나무가 그 아래가 꽃그늘을 드리우듯 시인은 자신의 마음에도 고요의 그늘을 드리울 수 있기를 바란다.

시인이 마음속에 안고자 하는 마음은 어떤 마음일까? 그는 "내 안의 가장 깊은 곳/나도 모르는 내 마음 속"에 있는 영혼의 지도를 찾으려 애쓴다. 시인이 추구하는 영혼의 지도는, 눈에 보이지 않으며 쉽게 얻어지지도 않는다. 그가 갈망하는 마음은 고요한 마음이다. 「고요에 깃든 마음」이라는 시에서 시인은 말한다. 고요에 마음이 깃드는 일은 그 마음에 꽃을 심는 일이고, 내면을 빛과 향기로 채우는 일이다. 삶에서 고요를 빚는 일은 나를 지운 마음으로 내 모든 것 속에서 영혼의 문을 여는 일이다.

영혼의 문을 열 수 있는 고요한 마음은 어떻게 얻을 수 있을까? 이해타산을 따지는 속물적 인간으로서는 이를 알 길이 없다. 시인은 그 답을 명상과 성찰을 통한 깨달음에서 찾고자 한다. 그는 만물과 하나 되는 '무한의 마음'에 이르고자 한다. 「시심이 무한 속에 들 때」의 표현대로라면, 무한의 마음은 "내 마음이 모든 것 속에 들어가서/그 모든 것의 마음과 함께 하는 것"이다. 먼지 속에 들면 존재의 가벼움이 되고, 숨 속에 들면 온기의 숨결이 되며, 지는 꽃에 들면 지는 꽃의 마음이 되는 경지가 무한의 마음이다.

무한의 마음은 결코 평범한 말도, 쉬운 말도 아니다. 시인은 오랜 수련과 명상으로 깨달음을 얻고, 철학(영성)과 시와의 만남을 꾀하였다. 속세인의 낮은 눈으로는 그 깊이와 넓이를 재단할 수가 없다. 어떤 작품에서는 사상이 앞서는 듯한 인상을 주기도 하지만, 이 한 권의 시집에는 우리가 일찍 경험하지 못한 '마음의 시'들이 있다. 시인의 마음은 맑고 향기롭다. 독자는 시인이 놓은 숲길을 걸으며 모처럼 마음이 편안해지는 행복을 누리게 될 것이다.

<후기>

시심은 동심(童心)과 선심(禪心) 사이에 있다.
내 시는 오직 그 사이를 향해 쏜 화살일지니,
몇 발이나 그 근처로 날아갔을까? 다시
몇 발이나 독자의 가슴에 꽂히게 될까,
끝없는 마음과 순간 사이에서……